– Питате как можете да спечелите един час във времето –

Марае О'Конър има много по-големи проблеми от това, че часовникът й е спрял в 15:57 часа. Когато подава часовника си на един любезен часовникар, тя научава, че е спечелила особена награда – шанс да преживее един час от живота си. Но съдбата има стриктни правила за връщането в миналото, включително предупреждението, че не може да създава временен парадокс. Може ли Марае да бъде в мир с грешката, за която съжалява най-много в този свят?

Ами ако можехте да го направите отново?

"Един трогателен разказ по тематика от скандинавската митология. Времето е дар, а понякога и последен шанс..." – Дейл Амидей, **автор**

"Много влиятелна и драматична история... ако имахме възможност да променим миналото си, щяхме ли?" – Мнение на читател

"Да се пребориш с това, за което най-дълбоко съжаляваш, е една от милионите възможности!" – Мнение на читател

ЧАСОВНИКАРЯТ

(Новела)

от
Анна Ерешкигал

Българско издание

SERAPHIM PRESS

Cape Cod, MA

Публикувано от Серафим Прес, Кейп Код, Масачузетс, САЩ.

www.Seraphim-Press.com

Издание с меки корици (SP paperback):
ISBN-13 978-1-949763-28-7
ISBN-10: 1-949763-28-5

Електронно издание (ebook):
eISBN-13: 9781943036530
eISBN-10: 1-943036-53-5

Предоставено от Катрин Троева

Редактиран от Илияна Митова

Cover art: авторско право 2016 Анна Ерешкигал (Anna Erishkigal). Състои се от самостоятелно взети снимки и закупени снимки на снимки от 123rf.com: "тъжно момиче" авторски права Andersonrise фотография.

Посвещение

Посвещавам тази книга на чичо Хуберт, любезен човек, който посвети живота си, за да крепи малките смислени неща. Сигурни сме, че всичко на небето ще бъде наред благодарение на *теб*.

Пътешествието на Марае

Глава 1

Часовникът спря в 15:57 часа в сряда на 29 януари. Беше обикновен ден, изпълнен с притеснения относно това дали щях да стигна до библиотеката от другата страна на реката навреме, за да завърша един оставащ семестриален проект. Не усещах чувство на загуба или ужасяващ страх, защото бях живяла с тези две емоции през целия си живот, просто имах усещането, че нямам никакво време. Сигурно съм погледнала в този часовник още двадесет пъти, преди да разбера, че часовникът на стената се е преместил в бъдещето, а часовникът на китката ми все още сочеше 15:57 часа.

Погледнах през прозорците, докато автобусът минаваше покрай текстилните фабрики, които се издигаха над парка Паркърхаус като огромна червено тухлеста цитадела. Един зелен павилион на ловци стоеше изоставен в снежната покривка, а на решетката блестяха деликатни висулки като сълзи на ангел. Веднъж Джош ме заведе там, бяхме на концерт, беше един от безплатните, а тогава все още беше достатъчно топло, за да стоим навън. Притиснах юмрук към гърдите си и принудих себе си да гледам през противоположния прозорец, преструвайки се че ми е интересно, така че съсухреният възрастен виетнамец, който седеше от другата страна на пътеката, да не си помисли, че *го гледам*.

Автобусът зави на ъгъла, минавайки през триетажна редица от пансиони, които не изглеждаха на своето място в един град, който се състоеше от витрини и офиси. По време на индустриалната революция цяло поколение от жени са изоставили фермите си, за да работят в текстилните фабрики, по същия начин, по който младите хора днес изоставят малките градове, за да посетят университета, който се намира в долината на реката. Тогава е имало работни места в масивните тухлени сгради, които очертават каналите, но в наши дни фабриките произвеждат основата и вътъка на високотехнологичния продукт: технологични, научни и инженерни работни места.

Занимавах се с часовника си, припомняйки си, че решението ми е разумно. Бях дошла в този град, за да си осигуря по-добър живот, за да избягам от капана, в който майка ми е попаднала, когато се е омъжила млада и е имала много деца. Но аз бях примерна студентка, само на двайсет и две години. Целият ми живот беше очертан. Защо, о, защо боли толкова много да знам всичко това?

Автобусът ме остави в сградата на Уолуорд, въпреки че през всичките четири години, в които бях посещавала университета в Масачузетс Лоуъл, тук никога не е имало универсален магазин. Улиците бяха задръстени с раздразнителни шофьори, които искаха да се приберат вкъщи, за да се съберат отново със семействата си. Автобусът се отдръпна, оставяйки ме да стоя на снега в центъра на града, който вече беше започнал да затваря за вечерта. Изчезващата слънчева светлина блестеше върху огромния зелен часовник, който седеше на върха на медния стълб, чиито черни ръце сочеха към 3:45 часа. Дванадесет минути, за да отида, не! Миналото беше в миналото. Обърнах гръб към него и се забързах, завъртях часовника, докато стисках палтото на врата си.

Скална сол се търкаляше под ботушите ми, докато вървях по централната улица. Почти паднах на гърба си, когато тротоарът се пресече от долния канал на Павтук. Един батальон от ледове се спусна под моста, превръщайки частично разтопения сняг над него в коварен гланц от черен лед. Аз се държах на прясно боядисан парапет, благодарна, че градът е завършил новия мост преди идването на зимата, тъй като това спестява около километър път. В град доминиран от еднопосочни улици, две реки и мрежа от канали, разстоянията не се измерват по въздушна линия, а с това колко далеч трябва да отидете, за да стигнете до най-близкия мост.

Имаше пет градски улици, минаващи покрай борещи се да оцелеят малки бизнес фирми, до адреса, който смартфонът ми беше маркирал като моето местоназначение. Срещах непознати повече от веднъж, но държах главата си надолу, страхливият контакт с очите можеше да бъде покана за насилие. Видях 4-етажна тухлена сграда с мансарден покрив, грациозно извита на ъгъла на улиците Централ и Мидълсекс, в нежна, женствена дъга. Взех малката бяла кутия от чантата си и прочетох златните букви, които гласяха *"Бижутерия Мартин"* с богато украсен шрифт. Това беше мястото. Тук. Джош беше купил часовника за мен от тук.

Подобно на повечето складови помещения в Националния исторически парк *Лоуъл*, сградата беше възстановена до великолепието на викторианската епоха с умерени стъклени прозорци, заобиколени от гъста черна боядисана дървена облицовка. На един от тези прозорци седеше голям боядисан знак, който гласеше "Пенсионна разпродажба". Под него имаше умалителен знак, който гласеше "ремонтира часовници".

Отворих вратата и се разколебах, след като звънтящите камбани обявиха, че съм влязла. Изглеждаше, че магазинът някога е бил фоайе на горните етажи, имаше квадратни стъклени витрини по външните стени. Три от витрините бяха празни, но останалите две бяха спретнато подредени с гривни и бижута, всички раздалечени, за да изглежда така, сякаш има повече инвентар, отколкото бе в действителност.

Един висок белокос мъж се наведе над тезгяха и внимателно се вслуша в жената пред него, която ръкомахаше с ръце. Предвид правата й черна коса и тежък акцент, изглеждаше като от югоизточна Азия, може би камбоджанка или виетнамка. Часовникарят носеше малък монокъл, прикрепен към очилата му, и се взираше в онова, от което жената бе толкова развълнувана.

Погледнах часовника си, но както през последните шест седмици златните стрелки отново сочеха 15:57 часа. Часовникарят наклони ръката си, за да покаже, че ще ми помогне веднага щом приключи с нея. Дадох му доловима принудена усмивка, сигнализираща, че ще почакам. Беше набръчкан и слаб, облечен в бяла риза и вратовръзка, вероятно около седемдесетте, или може би дори осемдесетте? Не. Човекът трябваше да е на деветдесет. Той бе благовъзпитан, почти незимеримо с времето качество за него. След известно време просто се отказвах да отгатвам възрастта му.

Наклоних се към празната стъклена кутия и се загледах в стаята, чудейки се дали има нещо, което мога да си позволя. Не. Всяко пени, което имах, беше вързано за колежанското ми образование, защото това беше планът ми за бягство и нямах пари за фриволии, като злато например. Изкривих лентата на счупения си часовник, златният часовник Булова, който вероятно струваше повече от бижутата, които някога бях притежавала. Експозиционният шелф украсяваше стената с други часовници, но инвентарът бе рядък, защото часовниците бяха практичен подарък, а с 50% намаление от цената те бяха първите, които се продаваха.

Колко ли беше платил за този часовник Джош?

Това нямаше значение. Нямаше да промени нищо, което бях направила. Всичко, което имаше значение бе да го поправя, защото не можех да изтърпя да остане заседнал, показвайки 15:57 часа.

Гласът на камбоджанката стана по-висок, но тя не изглеждаше ядосана. Ако акцентът й не беше толкова силен, можех да подслушвам, но коя бях аз, че да се занимавам с делата на другите? Облегнах се на шелфа и се стреснах, когато иззвуча меко почукване на стъкло сякаш бях ударила нещо. За моя изненада имаше три стъклени чаши на щанда, имах няколко мига преди да сметна, че са празни. Пред тях стоеше прилежно изписана табела в женски курсив:

— Попитайте как да спечелите един час във времето. —

В клошите седеше по-красив часовник, по-луксозен и богато украсен от всеки, който някога бях виждала. Първият беше сребърен часовник за ръка, или по-скоро платинен, с плосък дисплей, който показваше час и дата, часова зона и секунди, както и географска дължина и ширина. Бе окачен на малка тънка платформа по начин, по който можеше да се изложи порцеланова кукла. Огледах се, за да прочета името на производителя, което бе отпечатано в архаичен и почти нечетлив скрипт. *Skuld.* Никога не бях чувала за него. Може би беше японски производител?

Вторият часовник не беше толкова различен от моя, със златна и сребърна каишка, и с трети цвят, който може би беше от мед. Имаше старомодни стрелки и серия от миниатюрни набори, които, както при първия часовник, показваха датата и годината, часовата зона, географската дължина и ширина. На горната му страна беше отпечатано името на производителя – *Verðandi.*

Часовникарят взе часовника от изпънатите ми пръсти. Удържах на желанието да го притисна обратно към себе си и да *извикам: "Не го докосвайте!"* Той го постави внимателно на малък квадрат със сиво кадифе и се протегна към една кутия, за да извади тънък инструмент. Това щеше да бъде четвъртия път за последните шест седмици, в който бях оставила някой да ми вземе часовника. Само от мисълта, че това става, ми се гадеше.

Той свали монокъла си и надникна във вътрешността на часовника.

"Кога спря да работи?"

"В 15:57 – казах аз, – в сряда на 29 януари."

Часовникарят повдигна глава, сините му очи бяха изпълнени с любопитство. Това бяха очите на много по-млад мъж, много по-различен от това, което издаваше възрастта на кожата му. Очаквах да ми зададе въпроси, но той изчака аз да започна да говоря.

"Приключвах последния си час – промърморих аз, – когато погледнах часовника си и осъзнах, че е спрял. Опитах се да го оправя, но във всеки магазин казваха, че трябва да го занеса за ремонт. Вие сте единственият човек в града, който все още поправя собственоръчно часовници."

Часовникарят гледаше внимателно изражението ми.

"Шест седмици е много време, за да си без часовник – каза той. – Защо не им го остави, за да го оправят? Щяха да го вземат и върнат след седмица."

Устните ми трепереха, докато търках празното място на китката си.

"Защото не можех да понеса да го няма!"

Часовникарят вдигна часовника и надникна във вътрешността му. Ръцете му бяха учудващо стабилни за човек в толкова напреднала възраст.

"Не виждам нищо повредено на пръв поглед – каза той. – Ще трябва да го задържа толкова дълго, че да мога да го разглобя и да разбера какво се е случило."

"Колко дни?" В очите ми нахлуха сълзи.

Лицето му се сгърчи в симпатично изражение.

"Почти е време да затварям – каза той. – Но понякога дъщеря ми закъснява, когато идва да ме вземе. Защо не отидеш да изпиеш една чаша кафе, а аз ще видя какво мога да направя? Ако не друго, поне ще мога да преценя колко ще струва, за да го оправя."

Аз кимнах благодарно за неговото разбиране.

"Надявам се, че все още е в гаранция?"

"Зависи." – каза той. "От къде го купи?"

"Моето гадже – ахм... Мой *приятел* го купи от тук."

Извадих малката бяла кутия с орнаментираните букви, която носеше името на този магазин. На лицето му се появи симпатична усмивка.

"Добре тогава – каза той. – Ще му направя диагностика безплатно. Как е името на *приятеля ти?*"

"Джош. Джош Падиля."

Той се втурна към странния малък куб забит в ъгъла на стаята и за пръв път забелязах, че се подпира на трикрак бастун. Претършува няколко дървени чекмеджета.

"Джошуа ли каза?" – попита той.

"Джосу – казах аз. – Д-ж-о-с-у, това е чуждестранен правопис." Понижих гласа си, докато казвах последните думи. За собствените ми уши предразсъдъците звучаха обидно.

Часовникарят извади малка жълта карта.

"Ето го – каза той. – Джосу Падиля. Улица "Юг" 198, в секцията "Акър" на Лоуъл."

"Да." – прошепнах аз. По бузите ми се прокрадна розово засрамване. Дали знаеше, че това бе жилищният проект на епископ Маркъм?

Той се отпусна назад и постави жълтата карта пред мен. До нея остави малък манилов плик, който бе достатъчно голям, за да задържи часовника. Започна да попълва чисто нова клиентска карта със синя химикалка, която отново изненадващо държеше стабилно, имайки предвид възрастта му.

"Как се казваш, млада госпожице?"

Той не изчака да отговоря, а написа *"Марае О'Конър"*.

"Това съм аз." – прошепнах аз. Колко ли знаеше той?

"Адрес?"

Дадох му адреса си в общежитието.

Часовникарят отбелязваше няколко бележки. Докато го правеше, погледнах към картата с информацията дадена от Джош. Той беше заплатил $389 за часовника Bulova, с $50 оставени, а останалите платени на седмични вноски по $20. Датата, в която го беше купил, бе денят, в който ми каза, че ме обича, а последната дата на картата бе денят преди да ме изведе на вечеря и попита дали можем да бъдем заедно като двойка.

Обърках се, не можех да го гледам повече.

"Затварям в пет часа, но вероятно ще съм тук до 17:30 – каза той. – Ела да провериш преди този час или се върни утре. Най-малко трябва да мога да разбера какво не е наред."

Той откъсна номерирания билет за обратно получаване.

Аз кимнах благодарно.

"Ако *не можете да* го оправите тази вечер, става ли да го взема и да ви го върна, когато имате необходимите части?"

Часовникарят се загледа в изражението ми.

"В китайския ресторант от другата страна на улицата има чудесна супа – каза той. – Само $2,25 за супа и филия хляб. Ще ти бъде удобно там, така че да не ме чакаш в студа."

Наистина ли бях толкова лесна за разгадаване? Да, предполагам, че бях.

Той прибра обратно жълтата карта на Джош. Замълча и извади втора карта.

"Спомням си този млад мъж – каза той. – Писа ми и ме помоли да сложа втори предмет на по-късно изплащане. Всяка седмица ми изпращаше платежната вноска, но така и не успя да го вземе."

Появи се усещане, подобно на това да падне самолет, което сякаш отдалечи стаята от мен самата.

"Кога се предполагаше да го вземе?" – попитах аз.

"Последното плащане беше на 1 март миналата година, т.е. почти преди една година считано от днес."

Стомахът ми се сви, въпреки че не бях яла от седмици. Това беше денят, когато се разделих с него. Денят, в който бях отказала да го видя. Денят, в който бях изпратила текстовото съобщение, че не искам да се обвързвам с човек, който не е *тук*, за да ме обича.

"Позволете ми да видя дали мога да намеря мястото, където го остави – каза той. – Имаше неизплатени само 20 долара, така че не го върнах обратно в инвентара."

"Не!" Исках да викам. *"Не искам да го виждам!"* Но не го казах, защото исках да потвърдя подозренията си.

Часовникарят се втурна към задната стая. През един квадрат, който беше изрязан в стената, го видях да претършува нещата си пълни с какви ли не части от часовници, които можете да си представите. Докато завърташе комбинацията на сейфа се съпротивлявах на желанието да избутам вратата. Сякаш този път светът се отдалечи, когато той се върна и сложи малка черна кутия върху сивата кадифена подложка.

"Той говореше много добре за теб – каза часовникарят. – Всяка седмица, когато изпращаше плащането си, ми написваше приятно писмо, в което ми разказваше всичко за теб."

"Все още ли пазите тези писма?" В очите ми проблеснаха сълзи.

"Някъде – той посочи към задната стая. – Както можеш да видиш, обичам да пазя неща. Никога не се знае дали когато се изхвърли нещо то няма да се окаже важно."

Взех кутията, треперейки, докато галех черното кадифе. Отворих я, решена да узная истината.

Ахнах, когато видях какво бе купил Джош. Не беше годежен пръстен, а чифт съвпадащи златни халки. Вдигнах пръстените и погледнах вътре. Върху малка курсивна хартийка беше гравирал нашите имена.

С рев затворих кутията и я сложих обратно на щанда.

"Какво се е случило с този младеж? – попита часовникарят. – Той изглеждаше решен да ти даде най-доброто."

Гърдите ми потрепераха, когато изрекох ужасната истина.

"Той умря – прошепнах аз. – Преди шест седмици в Афганистан."

Глава 2

Джош Падила умря в Афганистан в 15:57 часа, Източно стандартно време. Той умря в засада на отдалечен планински път в провинция Пактика, действайки като мишена, защото винаги е поставял на първо място безопасността на всички останали пред своята собствена. Вече беше в резервите на армията, когато го срещнах, след като военните бяха провели демонстрация за набиране на кадри в кампуса, но самият той не беше на активна служба докато се виждахме около година, след като ми беше казал, че ме обича и след като ми беше купил часовника.

Никой не ми каза, че Джош е мъртъв, че е умрял като герой. В продължение на три дълги седмици се втренчвах в счупения си часовник неспособна да разбера защо вече не работи, но не можех да понасям усещането от него върху китката си. Ако не бях срещнала съвсем случайно сестра му на пазара в Кот в деня, в който продаваха домашен хляб и боб, не мисля, че някой някога изобщо би ми казал.

И защо биха ми казали? След като го бях зарязала в нощта преди да го изпратят в Афганистан? И след като му казах, че няма да чакам човек, който може да умре?

Ако Джош беше жив, щях да бъда на летището в Логан точно тази сутрин, в която останалата част от неговата група пристигна обратно у дома. Вместо това го игнорирах, когато семейството му отлетя до Вашингтон, за да приеме сребърната звезда и спокойно да го погребат в Националното гробище в Арлингтън заедно с всички други герои и генерали.

Не осъзнавах, че плача, докато часовникарят не сложи кутия с кърпички до кутията.

"Разбрах, че се е случило нещо лошо – каза той. – Защо иначе щеше да плати и след това никога да не го вземе?"

Нямах смелостта да му кажа, че Джош не го е взел, защото е имал само 24 часа преди да замине и е пропилял това време, за да *ме* търси, след като му бях пратила съобщение, в което казвах че не искам да го виждам повече. Не можех да му кажа, че се бях скрила в съседната стая на общежитието, заобиколена от моите приятелки, плачейки, а Джош удряше по вратата и ме викаше с прехласващ се от сълзи глас.

Взех една кърпичка и си духнах носа.

"Можете ли да го поправите? – посочих към часовника. – Можете ли да поправите това, което съм направила, за да се счупи?"

Часовникарят свали монокъла си и надникна във вътрешността на часовника.

"Хората мислят за времето като за безвъзвратна сила – каза той, – но задържането на времето е деликатно, сложно нещо." Пъхна часовника в плика и ме погледна. "Върни се след един час. Ще видя дали мога да разбера какъв е проблемът."

Обърнах се да си тръгвам и часовникарят ме хвана за ръката. Без да каже и дума, той сложи кутията с халките в нея, в кутията, която Джош не беше взел, защото *аз* бях разбила сърцето му.

"Той би искал да имаш това." – каза часовникарят.

Исках да кажа, че *"аз не съм достойна, за да приема този подарък"*, но вместо това казах: "Разорена съм. Похарчих всяка стотинка, която имах за автобусен билет до тук."

"Джош плати за това като даде живота си, за да защити нашата страна – каза той. – Само двадесет долара е, а ако беше тук днес щеше да получи отстъпката, защото аз приключвам с бизнеса, за да прекарам останалите дни със семейството си."

Той имаше решително изражение, което ми напомняше малко на Джош, погледът, който всички войници имат, зачудих се дали не е ветеран?

„Добре." – прошепнах аз. Взех кутията и я пъхнах в чантата си.

Обърнах се, за да си тръгна, но трите стъклени клошове хванаха окото ми. Един голям бял билборд, по-голям от първата табела, беше убегнал от погледа ми, а беше залепен на предната част на тезгяха. С големи червени букви гласеше:

– Питайте как можете да спечелите един час във времето. –

Обърнах се да си вървя, без да ме е грижа за някаква глупава томбола, но когато стигнах до вратата още една табела гласеше:

– Питайте как можете да спечелите един час във времето. –

Обърнах се обратно към часовникаря.

"Как мога да спечеля един час във времето?" – попитах аз.

Белите му вежди се изненадаха.

"А, значи можеш да ги видиш?"

Челото ми се сбръчка в объркване.

"Разбира се, че ги виждам – казах аз. – На щанда има три часовника."

Часовникарят кимна, като изражението му беше мрачно. Той се шмугна през лабиринта от празни стъклени броячи и спря, когато стигна до трите стъклени клоши.

"Какво щеше да направиш – изражението му стана като на Сфинкс, – ако можеше да пътуваш във всеки един момент, само за един час?"

"Бих отишла в Афганистан, за да кажа на Джош да не поема по главния път в Пактика."

Той вдигна стъкления клош на най-стария часовник – златният джобен часовник маркиран с *Urðr*. Повдигна го и погледна през монокъла.

"В 15:57 часа вече бе твърде късно да спасиш любимия си."

Подсмъркнах, защото знаех, че това беше вярно. Джош бе мъртъв от момента, в който групата му беше тръгнала по главния път.

"Тогава щях да се върна малко преди момента, в който групата му е тръгнала по главния път – казах аз – и да му кажа да тръгне по друг път."

"Движението през времето не е същото като движението в космоса – каза той. – Как ще стигнеш до там? И ако го направиш, как ще избегнеш да не бъдеш убита?"

В корема ми се разбушува гняв.

"Сега сте жесток!"

Часовникарят имаше изражение като на човек с абсолютно търпение.

"Попита ме как можеш да спечелиш един час във времето – каза той. – Ако ти се даде този час, как мога да бъда сигурен, че няма да го пропилееш?"

"Аз мислех, че говорим за спечелването на един от тези часовници?"

Той посочи табелата.

"Табелата показва, че можеш да спечелиш един час във времето, а не часовник, защото мога да ти кажа със сигурност, че тези часовници не се продават."

"Значи избирате кой ще спечели? – попитах аз. – Не е ли като номер от шапка?"

"Ако можеш да видиш часовниците, значи вече си спечелила – каза той. – Те решават на кой ще помогнат, аз съм просто техният пазител."

"Те?"

"Скандинавските богини на времето."

Това, за което говореше той, беше прекалено фантастично, но нереалността относно часовника на Джош, да спре точно в момента, в който бе умрял, бе довела до изтъняване на моята връзка с реалността. Бях отчаяна, а часовникарят държеше надеждата.

"Как тогава бих могла да се уверя, че Джош няма да умре?"

Очите на часовникаря се натъжиха още повече.

"Притежаването на часовник не означава, че можеш да промениш резултата. През по-голямата част от времето, колкото и да се опитваш, не можеш да промениш съдбата си, за определено време можеш да контролираш собствената си орис, но съдбата няма да ти позволи да контролираш тази на някой друг."

"Тогава ще кажа на себе си да каже на Джош да не поема по главния път."

"Не бива никога да се срещаш с миналото си Аз – каза той. – Защото, ако го направиш, това ще създаде парадокс във времето и часовникът веднага ще те върне в настоящето. Също така, не бива да очакваш някаква голяма промяна като резултат. Колкото повече вмешателства има, толкова по-вероятно е да направиш нещата по-лоши и всичко да се провали."

Безсилието смесено с нереалността накараха гласът ми да стане раздразнителен.

"Тогава къде мога да отида?"

"Това е твоето минало – каза той. – От теб зависи къде ще отидеш. Единственото, което аз мога да направя е да ти дам да използваш този часовник за един час."

Той ми подаде големия златен джобен часовник с надпис Urðr. Проследих сложния   скандинавски възел, който се навиваше около външния капак като венец, с три малки жени, разположени около него като спици на колело, едната от които се въртеше, другата тъчеше, а третата държеше нож. На допир беше топъл, сякаш някой току-що го беше извадил от джоба си и след това поставил върху ръката ми.

"Където и да отидеш, трябва да започнеш и да завършиш пътуването си в този магазин. Не позволявай на миналото ти Аз да те води и не предприемай никакви действия, които биха могли да създадат неприятности. Ако създадеш парадокс, може да се изгубиш във времето, а това не е приятно място където да бъдеш."

Проверих копчетата, опитвайки се да разбера кое за какво служи. Часовникарят посочи към всяко копче.

"Това контролира часовете и минутите – отбеляза той, – а това определя датата и годината."

"Какво ще кажете за часовата зона, географската дължина и ширина?"

"Часовникът няма да ти позволи да го настроиш обратно никъде другаде освен тук." Той стисна ръката ми. "Почти е невъзможно да се отменят действията довели до смърт, но понякога, ако си убеден, можеш да кажеш на някого, че го обичаш."

Очите му блестяха така сякаш това бе нещо, с което той имаше личен опит.

Помислих си внимателно, докато гледах лицето на часовникаря. И след това пренастроих клавишите. Тиктакането стана по-силно, сякаш часовникът искаше да ми каже, че всяка секунда е ценна; че всяка секунда е една секунда по-малко, от времето, което оставаше, за да променя миналото.

Тик. Тик. Тик.

Натиснах централното копче.

Глава 3

За миг се почувствах нестабилна, но всичко се появи точно както беше преди. Сега часовникарят стоеше зад друга плот. В един момент се появиха двама млади чернокожи, вероятно бяха ямайци или хаитяни предвид плитките на мъжа и цветната шапка тип раста. Загледах се в джобния часовник, разочарована, че не работи, но когато се обърнах да го върна обратно в кутията трите стъклени клоши изчезнаха. На тяхно място, в кутията отдолу, бе пълно с висулки, които по принцип се събират, за да се правят късметлийски гривни.

Часовникарят надигна поглед и се усмихна.

"Ще Ви обърна внимание, млада госпожице – каза той, – веднага щом помогна на тази двойка да избере пръстен за годежа си."

Той погледна през монокъла си и обясни на двойката за трите факта, когато се избират диаманти: цвят, карат и чистота. Жената искаше най-големия пръстен, а той я посъветва да избере по-малък, но с по-безупречен диамант, който да символизира любовта им. Ямаецът изглеждаше облекчен от това, че с намаляването на размера имаше и значително намаляване на цената.

Джобният часовник бе горещ, сякаш бе оставен на слънце. Всъщност целият магазин изглеждаше по-светъл и аз разкопчах копчетата на зимното си палто. Погледнах през прозорците и устата ми остана отворена с изненада.

"Стана." Погледнах към часовникаря, но той все още беше зает да помага на другите клиенти. Вдигнах часовника.

"Ще се върна след час – казах аз. – Точно както се разбрахме."

Погледнах към часовника. Бях пропиляла 7 минути в магазина. Втурнах се навън, нетърпелива да видя дали промяната във времето беше реална. Все още беше март месец, но не студената снежна пролет, която беше изревала като лъв и беше изсипала сняг по земята, който забавяше полета на оцелелите от взвода на Джош, а беше по-мил, по-дружелюбен март, т.е. времето точно преди една година считано от днес. Вече не беше привечер, а по-рано през деня, защото слънцето се беше преместило и сега светеше от югоизток, мястото, където обикновено се намираше около единадесет часа всеки ден.

Отне ми двайсет минути да стигна до тук. Пет градски пресечки на обратно до улица "Меримак", а след това още шест пресечки, за да стигна до церемонията по изпращане, състояща се на градския площад. Четиридесет минути. Тридесет, ако бързам. Да, можех да успея. Всичко, което трябваше да направя бе да отида до там преди Джош да влезе в автобуса.

Замърсени снежни преспи се спотайваха в сенките, но навсякъде другаде имаше ярко жълто слънце, което беше разтопило леда, оставяйки тротоарите чисти. По челото ми се появи пот, докато бързах завладяна от надежда. Спомних си, че в този ден времето беше меко, с температура около 13 градуса.

Както обикновено централната улица беше блокирана от трафик, но когато видях оранжевия знак най-накрая се убедих, че съм се върнала една година назад.

— *Отклонение. Мостът е затворен. Поемете по улица "Уорън" до моста на улица "Чърч".* —

"Не!"

Побързах да мина покрай барикадите. По време на реконструкциите на моста край канала "Поутъкет" пътят беше отворен първо за трафика в едната посока, а след това за този в другата. Дори и в най-лошия момент от строежа мостът беше отворен за пешеходците, защото в град с канали като този, бизнесът настояваше клиентите да могат да стигат от автогарата до магазините. Но за една ужасна седмица цялата централна зона беше държана като заложник от строителните работници, използващи горелки.

"Мостът е затворен, мадам – каза един полицай, като ръкавите на ризата му бяха нагънати, за да се възползва от приятното време. – Ще трябва да прекосиш или улица "Чърч" или моста на улица "Дътон".

"Моля Ви, господине!"

"Няма начин – каза полицаят. – Както виждате трябва да махнат платформата."

Каналите в *Лоуъл* пресичат средно десет метра, като са оградени от гранитни стени. Джош ми разказваше как когато все още е бил студент в гимназията "Лоуъл", всяка пролет учениците искали да скачат в канала, който разделял този кампус на половина, и да плуват до другата страна, но веднага щели да се озоват в стаята за задържане след часовете. Джош също беше такъв, той не се страхуваше от изпитанията.

През лятото каналите се превръщат в летаргични водни тела, идеални за пикници или разглеждане на забележителности с живописни екскурзии с лодки организирани от управлението на Националния парк. Но през ранната пролет каналите стават диви опасни места, с огромни плуващи ледени блокове носени от извисяващата се река "Меримак".

Промъкнах се до телената ограда, която строителните работници бяха сложили набързо и която прекосяваше пътя, така че отчаяните хора да не опитват нещо толкова глупаво като да прекосят изложените подпори на моста. Нямаше нужда да питам, защото вече знаех историята – целият мост беше затворен за една седмица.

Смеех ли да се промъкна през оградата и да премина тичешком покрай едрите мъже, носещи каски, които танцуваха на такелажа като маймуни на високо въже? Смеех ли да прекося открититете стоманени греди, които отиваха надолу в бушуващите води, чието ниво се беше покачило толкова близо до върха, че можеше да стигнеш и да докоснеш плаващите ледове, докато се носят към своята гибел в турбините надолу по течението?

Джобнит часовник ставаше все по-шумен, с такова тиктакане, че можех почти да чуя думите на часовникаря.

« Как би стигнала до там? И ако го направиш, как би избегнала това да не убиеш себе си? »

Не. Не бях толкова смела.

"Госпожице!" Една ръка докосна рамото ми. "Не можете да стоите тук."

Подскочих, стреснах се и се втренчих в строителния работник.

Той беше едър, тъмнокос и с маслинена кожа, точно като Джош, но вместо да се изплаша, по някаква причина се почувствах спокойна. Исках да се призная за победена, но вече веднъж в живота си се бях поддала на страха, а дори и да не можех да променя това, което щеше да се случи, поне исках да кажа сбогом.

"Кажете ми най-бързият начин, по който мога да стигна до градския площад – попитах аз. – Моля Ви, бързам."

Строителният работник посочи обратния път, по който бях дошла.

"Вървете по улица "Сентрал" до улица "Джаксън" – каза той – и завийте надясно по улицата покрай канала, точно след мелница "Епълтън". След това пресечете моста, който минава над канала "Хамилтън". Ще стигнете до бяла тухлена сграда, където изглежда, че пътят свършва, но ако я заобиколите улицата покрай канала продължава до втори мост. Той е в ужасен ремонт, но ако внимавате можете да го преминете пеша. Пресечете напряко свободния участък до разширението на Бродуей и то ще Ви отведе точно до улица "Дътън"."

"Благодаря!" – казах аз със сълзи в очите.

"Просто бъдете внимателна, когато минавате напряко през езерото "Локс" – каза той. – Пътят е изоставен. Там има много счупени стъкла и отломки. Никога не бих минал напряко през нощта, но през деня би трябвало да нямате проблеми."

Погледнах часовника. Бях загубила шестнайсет минути, плюс още седем в магазина. Двадесет и три ценни минути бяха пропиляни от моят един час. Имах само тридесет и седем минути, за да намеря Джош и да му кажа да не тръгва по главния път, и три пъти разстоянието, за да стигна до там – твърде различно от това, което бях планирала първоначално.

Обърнах се и се върнах по пътя, по който бях дошла.

Глава 4

Неизменен закон на човешката природа е, че без значение колко си нещастен, ще посочиш някой, който е по-нещастен от теб и ще кажеш: *"Виж... аз не съм толкова нещастен."* Ако си достатъчно зрял и пораснал, ще почувстваш състрадание към тези, които са по-малко щастливи, но ако не си, то ще търсиш някой, на когото да се подиграваш. Семейството ми винаги е било като хората от последния тип.

"Яж граха си, има бедни гладуващи хора в Африка." – обичаше да казва майка ми. Но когато ставаше дума за даване на храна на тези с по-малко късмет, баща ми изкрещяваше: *"Кажи на мързеливите негодници да си намерят работа!"*

Аз? Аз просто държа устата си затворена. Дори и да не съм съгласна.

Когато срещнах Джош всички тези предразсъдъци се промениха в главите им...

Джош посещаваше университета Лоуъл в Масачузец благодарение на военна стипендия, знаейки, че когато завърши ще служи шест години в армията на страната. Той беше отгледан от самотната си майка в сграда от жилищния проект на епископ Маркъм, като семейството му беше всичко, което баща ми мразеше: социални помощи, ниски доходи, но най-лошото от всичко беше това, че Джош беше роден в друга страна. Предполагам, че точно това беше причината да пазя връзката ни в тайна. Знаех, че семейството ми ще се опита да ме разубеди да не се срещам повече с него, а ако все пак дръзнеха да го направят, нямаше да имам сили да им кажа да се разкарат и да ме оставят на спокойствие.

Забързах вървенето си по улица "Джаксън", беше дълъг тухлен каньон между мелниците, които хвърляха сянка върху пътя през деня. Някои от тях бяха превърнати в апартаменти, а и имаше много повече мелници в този град, отколкото компании, които даваха работа на жителите. Това не са жилищни проекти, това са луксозни апартаменти, но когато ги посочих на баща ми той ме прекъсна, казвайки, че всъщност може да са такива.

Аз? Аз мислех, че бяха по-скоро хубави. Има нещо в червените тухлени стени, което те кара да се чувстваш в безопасност.

Мостът на улицата покрай канала беше малък и наскоро възстановен, поддържан от фирма, която беше присвоила част от мелницата от другата страна. Той пресичаше канала "Хамилтън", който пък е нефункциониращият път на по-голямата канална система, която вече не включваше турбината на мелницата "Епълтън". Побързах да мина през моста и през паркинга. Както беше казал строителният работник, в края на каналната улица имаше голяма бяла сграда, а от лявата ѝ страна се подаваше ненадежден тротоар отбелязан със знак "не пресичай".

Втренчих се в снежната бреза и леденната снежна покривка. Ако не бяха стъпките в снега, отдавна щеше да е станал на лед, щеше да ми е трудно да повярвам, че тук изобщо има път. Побързах да мина покрай знака, надявайки се, че никой няма да ме спре.

"Извинете, госпожице!"

Един мъж, който беше облечен в синя униформа каквато само охранител би могъл да носи, се забърза към мен. Започнах да се движа по-бързо, решена да прекося моста.

"Госпожице! Това е частна собственост."

Подхлъзнах се на снега и почти паднах, но все пак се изправих и се обърнах с лице към него, сърцето ми препускаше, защото за пръв път в живота си се бях противопоставила на човек с авторитет.

"Моля Ви! Трябва да пресека."

"Не мога да Ви позволя да минете от тук – каза той. – Не е безопасно. Този мост не се поддържа."

Джобният часовник издаде по-силен звук, напомняйки ми, че вече съм загубила голяма част от времето. Ако направех това, което ми се казваше, можех да изпусна Джош с автобуса. Започнах да тичам, решена, че този път нищо няма да ми попречи да го видя.

Охраната извика след мен, но не тръгна да ме догонва. Бялата бетонна барикада се простираше през разрушения път, но това беше малка пречка, а имайки предвид количеството графити, не бях единственият човек, който бе решавал да го пресече. Прекрачих барикадата, благодарна на слънцето, че бе стопило снега на места от пътя.

Тротоарът стана неравномерен, а след това и разбит, но както бе споменал строителният, по канала "Павтукет" се простираше зле поддържан мост. Отляво малкият водопад, известен като езерото "Локс", разделяше канала на три отделни притока, като надолу по течението можех да видя централният уличен мост, който беше в ремонт. Три години бях живяла в този град и не знаех, че съществува такъв пряк път. Ако нямаше толкова много счупени стъкла, водопадът щеше да е хубав.

Сърцето ми затупти по-бързо, когато осъзнах, че не съм сама.

"Хей, *маце!*" Извикаха петима млади мъже, всички носещи цветни спортни якета, показвайки, че са част от някоя банда. "За да се присъединиш към нас ли си дошла?"

Изглеждаха като тийнейджъри, може би бяха избягали от часовете? Но най-големият от тях имаше суров поглед, загледа се между краката ми и облиза устните си. *Този* не беше тийнейджър! Наведох главата си надолу и реших да не гледам нищо друго освен моста.

"Аууу... не прави така, *маце!*" Към мен се приближи един от по-младите тийнейджъри. "Ние просто се опитваме да бъдем мили."

Изборът ми беше или да се върна при охранителя, където беше безопасно, или да вървя напред, където Джош чакаше пред кметството. Побързах да мина покрай тях. Те ми подвикнаха и ме нарекоха *красавица*, но за щастие не тръгнаха да ме гонят, докато вървях забързано по пътя си.

Пътят зад моста беше лош и покрит с отпадъци, счупени стъкла, мръсни пелени и плевели, растящи през разкъсаната настилка, но за щастие нямаше повече човешка смет. Този пряк път ми спести време, а именно времето беше това, от което отчаяно се нуждаех.

Погледнах картата, която бях отпечатала по-рано, за да намеря бижутерите. Този пряк път не беше показан на картата, но можех да видя къде се присъединява паркингът към улица "Дътън". Сърцето ми биеше много бързо. Обиколката ме отведе далеч от пътя. Дори и да бързах, можеше и да не успея да се върна преди часовникът да покаже, че времето ми е изтекло.

Започнах да тичам.

Глава 5

Джак Кероуак израства в този град като посещава гимназия "Лоуъл", посмъртно е награден от университета "Лоуел" в Масачузец. Джош гледаше на Кероуак като на син на имигранти, и докато Джош в никакъв случай не беше учен, често ми четеше откъси от "На пътя". Записа се към Корпуса за обучение на офицери в резерва, защото искаше да види света дори с оскъдните ресурси на семейството му, а единственият начин, по който това можеше да се случи, беше да се присъедини към армията.

Бях блокирала тази част от ума си, докато се срещахме: патриотизмът му, дългите сесии на физическо обучение, на които ходеше всеки ден, и начинът, по който гледаше към двамата си по-възрастни братовчеди, които току-що се бяха върнали от Ирак. Беше прекалено лесно да се мечтае за обикаляне на света, докато се пренебрегваше реалността, че Джош се е записал за следващите шест години от живота си. Дори и да го познавах, когато той се беше подписал на пунктирана линия, се съмнявам, че щях да съм способна да го разубедя.

И все пак, това беше тази част от него, която винаги съм обичала най-много. Колко защитнически беше настроен. Колко смела -се- чувствах, когато бях с него.

С Джош, малко по малко, се научих как да се крия истински.

Службата на националния парк построи прекрасна тухлена пътека от едната страна на канала Меримак, докато от другата страна минаваше панорамната жп линия на Лоуел. Веднъж минах от тук, когато Джош ме заведе на изложбата на

Джак Керуак. Беше ми намекнал, че иска да пътувам с него. Скоро след това му казах, че все още имам една година от колежа. Той се засмя и каза да не се притеснявам, защото ще премине през службата в армията веднага, така че да приключи със своята "година извън страната" навреме, за да ме види как завършвам.

Знаех, че предложението за брак ще дойде преди да замине за основното си обучение. Не само го беше намекнал преди армията да задейства 182-та пехота, но и намеците му бяха станали не много деликатни, откакто беше започнал да ми пише всеки ден. В писмата му откривах по-уязвимата страна на Джош, а тази част от него ме ужасяваше, защото разчитах да бъде силен и за *двама ни.*

Дишането ми се учести, усещах болка при издишване, докато вървях около някакви разпръснати тухли и се опитвах да не се препъвам. От другата страна на улицата се спотайваха порутени сгради, пълни с предприятия, носещи особени етнически имена. Този канал разделяше част от града, която службата на националния парк беше очистила от другата част, където живееха *"онези хора",* които обитаваха сгради от жилищни проекти, простиращи се чак до река Мерримак. Натъкнах се на няколко младежи, които носеха дрехи със знаци на известна азиатска банда. Забързах се, защото не исках да ме спират, макар че през деня беше по-малко вероятно да ме заговорят.

Часовникът изтиктака по-силно, напомняйки, че са останали само единадесет минути. Бях изгубила четиридесет и девет минути! Четиридесет и девет скъпоценни минути, в които можех да кажа на Джош, че съжалявам и да кажа сбогом на човека, когото обичам! Стиснах се за кръста и се опитах да спра болката, която изпитвах от внезапното забързване, същата, която винаги използвах като извинение, за да *не* тичам с Джош, когато той ме канеше да го придружа при физическата му подготовка.

Господи, той беше прекрасен човек! Висок, мускулест, с тъмна коса и още по-тъмни очи, маслинена кожа, усмивка, която осветяваше стаята като слънчева светлина. Онази усмивка, която беше привлякла вниманието ми, когато се бях скрила в задната част на военната демонстрация на Корпуса за обучение на офицери в резерва, любопитна да разбера защо мъжете с униформа бяха нахлули в кампуса на университета. Когато си тръгвах се препънах и изпуснах книгите си, а най-красивият студент от Корпуса за обучение на офицери в резерва дойде да ми помогне да ги събера. Това беше първият път, когато се осмелих да се усмихна на мъж, толкова висок и *мъжествен*, а когато той ме последва ми трябваше много време, за да се убедя, че интересът му към мен е *истински*.

"*Той е просто заинтересован, за да получи статут на постоянно пребиваваш.*" Това каза баща ми, когато най-накрая му споделих. "*Той ще се ожени за теб и после ще се разведе в момента, в който го получи.*"

"Но Джош се присъедини към военните, за да стане гражданин!" – извиках към фантазма. "Той няма нужда от виза, за да остане."

"*Той е чужденец!*"

"Какво значение има това?"

"*Баща му е в затвора.*"

"Джош никога не е познавал баща си! Майка му е дошла *тук*, когато Джош е бил на две."

"*Майка му е разведена!*"

"Това не е по *нейна* вина, съпругът й я е малтретирал. Тя се е развела с него, за да защити децата си."

Според мен Кончита Падила е била тигрица. Една майка, която за разлика от моята майка е отказала да стои и да гледа как децата й биват малтретирани. Защо, защо, трябваше ли да питам родителите си за съветите им, когато знаех, че ще кажат ужасни неща?

"*Ако се омъжиш за него ще прекараш остатъка от живота си като кралица, живееща на социални помощи.*"

Плачех, докато тичах по-бързо, засрамена, че не бях достатъчно силна, за да стоя далеч от тях, след като Джош беше отишъл в лагера. Бях самотна, затова се прибрах у дома и казах, че съм влюбена в човек, който току-що е станал част от армията.

Не им пукаше, дори когато им обясних, че никой не работи по-здраво от Джош. Не и в неговите лекции, където той получаваше 6+; не и във втората му работа, на която се беше хванал, за да ми купи златния часовник; и не в ранга, до който се беше издигнал в Корпуса за обучение на офицери в резерва и който, впрочем, беше билет за колежа. Когато отиде в лагера, той ми написа с гордост, че е повишен като втори лейтенант. При втората лейтенантска заплата ми намекна, че ще има достатъчно пари, за да издържа семейство.

Но Джош не бе *тук*, той бе отишъл да се обучава, заради това аз отново бях затворена в черупката си. Когато той ми писа и каза, че има 24 часа, за да уреди делата си, отидох обратно при семейството ми за съвет. Този път не бяха омразните думи на баща ми, от които в крайна сметка получавах студени тръпки, а мекото говорене на майка ми, което ме ужаси:

"Той ще те помоли да се омъжиш за него, за да го чакаш, докато го няма, а после, когато се върне, ще те зареже заради някоя по-добра."

Джобният часовник в ръката ми казваше *"по-добре, по-добре, по-добре"*. Винаги съм се чудила не дали Джош е достатъчно добър за *мен*, а дали аз съм достатъчно добра за *него*, което се пораждаше от моят собствен дълбок страх!

Сълзи се стичаха по бузите ми, защото осъзнавах, че няма да успея.

"Майната ви!" Изпищях на невидимите фантазми. "Този път аз ще реша *своята* съдба!"

Свалих раницата си, която беше натоварена с двадесет килограма учебници, и я хвърлих на земята. В далечината видях гранитния обелиск, който бележеше гробовете на четирима войници от Гражданската война. Отвъд него стоеше кметството и се виждаше церемонията по почитането на мъжете, които щяха да придружат 182-та пехота в Афганистан.

Гърбът ми беше мокър, когато стигнах до улица "Меримак" и хукнах към светлините, без да обръщам внимание на факта, че нямам право да минавам. Колите набиха спирачки да спрат и изсвириха, но аз се спуснах през последния мост, желаейки отчаяно да стигна до градския площад навреме.

Кметството на Лоуъл се издигаше като приказен замък, блестящ под слънцето, издълбан от искрящ сребърен гранит и смесица от готическа и романова възрожденска архитектура. На върха му се издигаше централната кула с огромен часовник с големи черни стрелки, които сочеха 11:53 часа. Почти се паникьосах, но часовниковата кула беше една минута напред спрямо джобния часовник. Оставаха още осем минути. Имах осем минути, за да намеря Джош жив.

Дишането ми се учести още повече, докато тичах покрай обелиска и женския бронзов ангел, който държеше венеца на победата. Нежните му черти ми дадоха надежда, показвайки, че целта ми е близо. Седем минути. Бях почти там.

Пътят беше пълен с коли. Изгледът ми бе блокиран от два маслинено зелени автобуса, тези, които щяха да отведат Джош надалеч. Минах между тях, покрай хората, които се тълпяха на площада, докато гласът на кмета кънтеше колко горд е градът с военните си. Хората бяха от най-различна етническа принадлежност, а мнозина бяха облечени толкова изтънчено сякаш са отишли на дипломирането на децата си.

"Пуснете ме да мина!" Изкрещях, без да обръщам внимание на маниерите или дали блъскам хората. Всичко, което трябваше да направя бе да кажа на Джош да не тръгва по главния път, а останалото можехме да го поправим, когато се върне.

Пред мен се изправи сянка. Една женска ръка ме удари в гърдите толкова силно, че ме събори.

"Какво -правиш- тук?"

Затаих дъх и зяпнах майката на Джош. Кончита Падила стоеше пред мен като безстрашна кафява тигрица решена да защити малкото си от страхливката, която беше съобщила с текстово съобщение на сина й, че вече не иска да го вижда. От двете й страни стояха по-малките сестра и брат на Джош, дядо му и братовчедите му, всички изглеждаха враждебни.

"Аз – аз – аз дойдох да го видя."

"Ти не си *достойна* да видиш сина ми!"

Отдръпнах се, защото знаех, че колкото и да се моля, Кончита нямаше да ме пусне да мина. След като Джош беше заминал, отидох при майка му, за да я попитам към кой взвод е назначен, за да мога да му пиша и да го помоля за прошка. Кончита Падила се изплю в лицето ми и каза, че ако той умре там, това ще бъде изцяло моя вина, защото е имал предсмъртно желание.

"Беше права, беше права." Казах го разплакана, миналото се сливаше с настоящето. "Не съм достойна за него. Но моля те! Трябва да му кажа да не тръгва по главния път!"

Никога не получих писмо, или и да бях получила, то Джош със сигурност беше инструктирал пощата да върне обратно всички неотворени писма. Той беше страстен и лоялен човек, но твърде горд, за да тича след призрака на момичето, което го беше предало в нощта, преди която се предполагаше да замине.

Нещо в поведението ми я накара да се мръдне, защото Кончита се отдръпна настрани, но поклати пръст в лицето ми, а кафявите й очи изглеждаха яростни и пълни с обвинения.

"Ти разби сърцето му!"

Кимнах, какво друго можех да кажа.

Часовниковата кула на кметството започна да отбелязва часа с дълбоки и зловещи тонове. Един звън. Втори звън.

"Моля те!" Изкрещях. "Трябва да му кажа да не тръгва по главния път!"

Кончита посочи към мъжете облечени в зелена униформа, всички строени с цялата почетна гвардия от полицейски офицери от гарата, която също бе част от този площад. Много от полицаите бяха бойни ветерани, а надеждата на Джош бе някой ден да се присъедини към тях. Затичах се, без да обръщам внимание на факта, че минавах през полицейски строй.

"Джош!" Махах неистово. "Джош!"

Заради косата му, която бе подстригана късо, и лицето му, което бе отслабнало заради обучението, почти не го разпознах, стоейки през трима мъже в края. Той се поколеба, но след това развали заеманата поза, без да обръща внимание на издадената заповед от командващия офицер. Изглеждаше по-голям от преди, раменете му бяха по-широки, сякаш обучението го бе научило как да носи тежестта на света.

Часовниковата кула звънна, когато се хвърлих в прегръдките му, плачейки истерично.

"Не тръгвай по главния път, не тръгвай по главния път!" Виках плачейки. "О, мили боже, Джош, моля те, не тръгвай по главния път или ще бъдеш убит."

Джош се взря в мен, изненадан. Страхувах се, че ще ме отблъсне, но след това лицето му се освети в слънчева усмивка.

"Скъпа, дойде да ме видиш как заминавам?"

Часовниковата кула отбеляза обедния час. Очаквах светът да свърши, но Джош беше все още жив в прегръдките ми; топъл и толкова красив, колкото винаги е бил.

"Съжалявам!" Сграбчих лицето му. "Аз те обичам. Бях уплашена, това е всичко, че ще ме оставиш заради някоя по-добра. Не трябваше да слушам родителите си."

Часовникът в ръката ми започна да звъни. Сърцето ми се изпълни с ужас. Часовниковата кула бе настроена с една минута напред, но когато Urðr удари обяд времето ми с Джош щеше да свърши.

Той ме прегърна, гърдите му трепереха от емоции. Очите му блестяха светли и насълзени.

"Не мислех, че ще дойдеш."

Той се наведе да ме целуне, но когато устните му докоснаха моите, часовникът удари дванадесетия звън. Джош започна да избледнява в ръцете ми. Аз го прегърнах, отчаяна да се задържа за него, отчаяна да вдишам един последен негов дъх, но той вече не беше там, защото това бе миналото, а беше дошло настоящето. Хората избледняха. Кметът избледня. Както и двата автобуса, които го бяха качили в самолет и отвели в чужда страна, за да го убият, биейки се заради нечия война, оставяйки ме да стоя сама на площада, с изпънати ръце, мъчейки се да хвана една сянка, която бе мъртва от почти шест седмици.

Отвърнах глава и викнах, защото нищо не се бе променило. Всичко, което направих бе да кажа сбогом.

Спрях се по стъпалата, които водеха до полицейското управление, и седнах да плача. Една двойка мина покрай мен, смеейки се, жената носеше къса бяла рокля под зимното си палто, а мъжът беше облечен в костюм. Те влязоха в сградата на Общината, за да се срещнат с обредника.

Един полицай мина покрай мен и ме попита дали съм добре. Аз го излъгах и му казах, че съм се подхлъзнала на леда, защото вече не е онзи невероятен пролетен ден, в който се бях скрила в спалнята си като страхливка, а цяла година по-късно – денят, в който Джош щеше да се върне у дома, ако не беше умрял.

Полицаят ми помогна да се изправя и ме предупреди да внимавам с черния лед. Погледнах часовниковата кула, която сега сочеше 17:25 часа. Бях обещала на часовникаря, че ще се върна преди Urðr да се нулира. Най-малкото, което можех да направя е да го върна и да получа часовника на Джош.

С увиснали рамене крачех надолу по улица "Меримак", знаейки със сигурност, че в тази времева линия мостът над канала "Лоуър Павтукет" няма да спре пътя ми.

Глава 6

Минах една пресечка, за да взема раницата си, но тя отдавна не беше там, защото бе махната преди една година. Загледах се задълбочено в градския автобус, докато се носеше към автобусната спирка, прозорците му бяха осветени, носейки със себе си обещания за топлина и комфорт в стаята ми в общежитието, но имах часовник, който трябваше да върна, а този път не исках да наруша обещанието си.

Спрях на моста над канала "Лоуър Пактукет" и се втренчих в тъмната ледена вода, която се спускаше надолу, нетърпелива, за да се влее в река "Конкорд". Замислих се дали да скоча, но щеше да бъде прекалено лесно да прекратя болката си. Джош не би искал това. Ако мостът не беше блокиран преди една година считано от днес, щях да стигна там навреме, за да обясня защо той не трябва да тръгва по главния път? Ами ако не бях развалила нещата с него в деня преди заминаването му? Щях ли да се омъжа за него в този ден, подозирайки, че той го иска? Дори и да се бях омъжала за него, щеше ли това да промени нещо?

Ледът се плъзна покрай мен, хващайки последните лъчи на умиращия залез.

Не. Нищо нямаше да се промени. Бях се влюбила във войник, а когато той щеше да бъде повикан, с готовност щеше да умре, за да защити страната си. Единственото нещо, което би се променило, е, че Джош щеше да ми пише всеки ден по начина, по който ми пишеше, докато беше в лагера, и сигурно щеше да ми покаже, че, подобно на неговия идол Джак Керуак, наистина притежава дух на поет. Все още щях да бъда самотна и скърбяща, но дори Господ знае, че пак би ми липсвал точно толкова много. Родителите ми щяха да кажат: "виж, захвърли си живота", но наистина ли щеше да е така? Защото никой друг никога няма да бъде като него?

"Поне успях да го прегърна за един последен път – казах на ледената вода. – И предполагам, че трябва да съм благодарна."

Дъхът ми започна да излиза с пара, докато вървях към бижутерията, все още замръзвайки, но въпреки това не беше толкова студено, колкото преди.

Лоуел бе различно място, защото магазините затваряха през нощта и улиците заглъхваха, особено през зимата, когато по тях оставаха само бездомните и главорезите. Това бе един красив град, построен върху редица реки и канали, но когато хората са преместили текстилните мелници, той неминуемо се бе превърнал в бедно място. Винаги съм избягвала града, оттегляйки се на безопасност в кампуса.

Дълги сенки се извисяваха от входните врати. Един старец, който държеше кафява хартиена торбичка, ме повика и попита дали имам някакви дребни, които да му дам. Двама главорези минаха покрай нас и подвикнаха, като и двамата носеха същите цветове на бандата като децата от по-рано днес. Или това се случи миналата година? Вчера всяко едно от тези неща щеше да ме накара да се затичам обратно към общежитието, но днес желанието ми да отбележа деня, в който Джош щеше да се върне у дома, като си оправя часовника, най-накрая ме принуди да преодолея страха си.

Един мъж с качулка закриволичи пред бар "Медния котел" и блокира пътя ми, вперил поглед, докато си дърпаше от цигара без филтър. Вонеше на бира, въпреки че все още беше рано вечерта. Издуха пръстен от дим.

"Хей, маце!" Той направи неприличен жест, като се хвана за чатала. "Трябва ли ти огънче?"

"Разкарай се – изсвистях, като си изправих раменете по начина, по който Джош ме беше научил, за да изглеждам по-голяма, – или ще те сритам в топките."

Гледах го нервно, докато той не се отдръпна и не ме остави да мина. Завървях бавно, готова да го ударя, ако се опита да ме сграбчи за ръката. Най-накрая стигнах до грациозната тухлена сграда със златни букви, които показваха, че това е реликва от по-деликатна и изпълнена с аристократизъм ера. Завесите бяха дръпнати, а на знака пишеше, че е затворено, но можех да видя светлина в задната стая.

Почуках, надявайки се, че не е твърде късно. Най-малкото, защото трябваше да върна Urðr. Дали всичко това бе един сън? Може би беше минал за същия период от време. Въпросът беше само в коя година беше минал.

Една сянка прекоси светлината в магазина за бижута. Вратата се отвори и там стоеше часовникарят, носейки странни очила с няколко чифта монокли.

"Ах, млада госпожице, ти се върна. – каза той. – Мислех, че ще го направиш и затова помолих дъщеря ми да ме вземе малко по-късно. Ти си вторият ми клиент за днес, който поиска специална услуга."

"Не Ви ли беше страх, че мога да избягам с часовника?"

"О, не!" Каза той. "Часовниците се грижат сами за себе си, аз просто ги поддържам в добро работно състояние."

Влязох вътре, търкайки ръцете си, за да ги почувствам отново. Раницата ми отдавна я нямаше, както и...

"Пръстените..."

О, не! Пръстените на Джош бяха в раницата ми! Тази, която изпуснах в другото време!

"Твоите неща са там." Той посочи към тезгяха с клоши. "Когато хората изпускат неща, те се депозират тук."

"Винаги?" – попитах аз.

"Само понякога." Сините му очи премигнаха. "Съдбата предпочита младите дами да не губят учебните си книги."

Дадох му Urðr и той се протегна да го постави под клоша. И трите часовника светнаха с вътрешна луминесценция. Съмнявам се, че това бяха кварцови кристали, които им придаваха такава светлина, а сякаш бе някаква друга сила, свързана със способността им да се движат във времето.

"Какво ще правите с тях, след като се пенсионирате?" – попитах аз.

"Те ще намерят някой нов, който да се грижи за тях – каза той, – те са много придирчиви относно това на кого помагат, и дори още повече за това с кой са решили да общуват ежедневно."

"Не можете ли да ги използвате, за да станете безсмъртен?"

"А защо бих искал да направя това?" Той посочи към магазина, който за пореден път имаше финална разпродажба. "Живях дълъг живот, съжалявайки за малко неща, и в този живот или в следващия винаги ще остана заобиколен от семейството си."

В очите ми имаше сълзи, но те не бяха от скръб, а от друга емоция, може би просто облекчение?

"Ще го видя ли отново?" – попитах аз.

"Оправихте ли тежките си чувства?"

"Да. – казах аз. – Или поне така си мисля."

"Тогава ще го видиш отново. Защото той имаше високо мнение за теб, пишеше за това при всяко плащане."

Извади пакет от писма, обвит в ластик, а до него беше часовникът ми, който лежеше на сивото кадифено каре.

"Успяхте ли да го поправите?"

"Да." Той го сложи на китката ми. "Любопитното е, че понякога едно замърсяване причинява заяждане на зъбно колело, но ако го премахнете часовникът ще работи добре."

Часовникът изтиктака успокояващо върху китката ми. Сега стрелките сочеха към 18:08 и вече не бяха спрели на 15:57 часа.

"Благодаря."

На вратата се почука. Часовникарят погледна и се усмихна.

"Ахх... това ще да бъде моят последен клиент." Той посочи към вратата. "Имаш ли нещо напротив да отвориш вместо мен?"

Хванах дръжката и дръпнах вратата навътре. Надвисвайки над мен стоеше слаб тъмнокож мъж, облечен с камуфлажно яке и цивилни джинси. Лицето му беше уморено, но очите му все още имаха същия ентусиазиран блясък.

"Джош?"

Премигнах, после се ущипах, сигурна, че не греша. И тогава се хвърлих в прегръдките му.

"Джош!!!"

Прегърнах го и заплаках, а после го целунах; и заплаках още повече, докато големи, течащи сополи се сипеха върху камуфлажното му яке.

"Какво има, скъпа?" Джош ме прегърна. "Нещо лошо ли се случи?"

"Не, не, всичко е прекрасно. – изплаках аз. – Просто... мислех, че съм те загубила?"

"Отне ми известно време, за да намеря място за паркиране, това е всичко. – каза Джош. – Мина много време, откакто карах като цивилен и сега ми трябваше цяла вечност да изкарам колата от снега. Вероятно ще ми отнеме шест седмици докато свикна да шофирам тук отново."

Погледна към китката ми.

"Той успя ли да го поправи?"

"Да оправи какво?"

"Твоят часовник? Ти ме помоли да те докарам до тук, за да можеш да замениш батерията преди магазинът да затвори."

Погледнах към часовникаря, който имаше изражение на задоволство. Как можеше той да си спомни две различни времеви линии, а аз можех да си спомня само една?

"Аз, ъм, да. Той е в гаранция."

Джош се протегна да се ръкостисне с часовникаря. Не беше каквото и да е ръкостискане, а учтивото, което войниците дават.

"Господин Мартин, сър. Радвам се да Ви видя отново."

"Запазих го за теб, синко. Точно както написа. – каза часовникарят. – Сигурно се радваш да се върнеш обратно в земята на живите?"

Той плъзна малката черна кадифена кутийка в ръката на Джош и му намигна. Джош пъхна кутията в джоба си.

"Благодаря Ви, че го запазихте за мен, сър." – каза Джош.

"Благодаря ти – каза часовникарят, – за това, че доведе тази история до щастлив край."

Джош ме хвана за ръка и ме изведе от магазина.

"Добре ли си? Изглеждаш сякаш си видяла призрак?"

Обгърнах ръцете си около врата му и дръпнах главата му надолу за целувка. Най-накрая го оставих да поеме въздух, вървяхме бавно през тъмните улици към взетата на заем от майка му кола, които, заедно с Джош, изглеждаха като един благосклонен град изпълнен с чар. Ръката му беше топла и стабилна, реална, сякаш всичко, което се бе случило, не беше нищо друго освен един сън.

"Трябва да попитам... Когато беше в Афганистан тръгна ли по главния път към Пактика?"

Очите на Джош станаха замъглени, тъмни и обгрижени, за момент изглеждаше, че имам два комплекта спомени, едни, в които Джош бе загинал, и други, в които той бе писал, за да каже, че някои от талибанците са момчета-войници не много по-големи от тринадесет години.

"Не знам какво ме накара да изпратя човек нагоре по билото – каза той, – но това ни спаси живота. Талибанците чакаха да ни нападнат. Ако разузнавачът не ни беше предупредил да се обадим за въздушна атака, всеки човек в моя отряд щеше да бъде мъртъв."

Не всеки мъж. Само ти...

"Казах ти никога да не тръгваш по главния път."

"Така е, каза – Джош изглеждаше объркан, – но когато ти писах и попитах защо беше толкова разстроена в деня, в който заминах, ти твърдеше, че нямаш спомен да си казала такова нещо. Бях забравил за всичко това, наистина, точно до преди да тръгнем по главния път."

Джош... ми беше писал? И аз бях отговорила? Какво си бяхме казали един на друг през годината, в която го нямаше? И как щях да се уверя, че никога не съм му споделяла факта, че първия път не съм била там заради него, а го бях направила само след като Съдбата ме беше съжалила и ми беше позволила да опитам отново?

Не на мен... *на него*. Съдбата се беше намесила заради *него*.

"Надявам се, че си запазил писмата ми?"

"Разбира се, че го направих. – каза Джош. – Всичките 365 писма."

Той се ухили, когато отвори страничната врата на колата, за да ми помогне да се кача, и отново ми напомни, че този втори шанс е един дар. Увери, че съм сложила колана преди да запали двигателя. Притиснах ръка към него, защото не исках да го пускам.

"Къде отиваме сега?" – попитах аз.

Джош докосна джоба си. Знаех, че ще ме заведе в любимия ни ресторант, за да ме помоли да се омъжа за него. Той щеше да напълни главата ми с мечти за огромна сватба през юни... ако не ме изплаши твърде много това да се омъжа за човек, чиито следващи пет години все още принадлежаха на армията. Той щеше да бъде търпелив с всичките ми страхове, защото веднъж вече ми беше простил и ме обичаше достатъчно, за да изчака, докато завърша колеж.

Само, че аз вече не бях страхливка...

Часовникът ми отбеляза шест и половина.

"Кметството е отворено в четвъртък вечер – казах аз, – и обредникът е ветеран. Чудех се дали може би ще искаш да го направим сега?"

"Кое?" – попита Джош с объркано изражение.

"Да се оженим?" Гласът ми се надигна с надежда.

Джош ме обгърна с ръце и със звук, който беше нещо между ридание и смях, каза "да".

~ КРАЙ ~

Норните от Х.Л.М

Норните

Скандинавците вярвали, че съдбата се ръководи от три йотуни (жени-великани), които контролират съдбата на боговете и хората. Тези *норни* живеели в Кладенеца на Урд под Игдрацил, великото световно дърво, и често са свързвани с *валкириите*. Те контролират съдбата чрез издълбаване на руни в стъблото на дървото или, в по-късни версии, чрез изтъкаване на съдбата в гоблен.

Урд, най-голямата жена-великан, контролира миналото. Нейното име означава *"Каквото някога е било".*

Верданди, средната, контролира настоящето. Нейното име означава *"Вероятно случващо се"* или *"Каквото предстои в живота".*

Скулд, най-младата от трите, контролира "необходимостта", което в скандинавската традиция не се превежда като *"бъдеще".* Нейното име означава *"Дълг"* или *"Каквото ще бъде".*

Скандинавците вярвали, че необходимостта, а не съдбата, ще оформи бъдещето, и че времето не е неизменимо, а че понякога може да бъде променено чрез магия или сила на волята.

За момент от Вашето време, ако обичате...

Хареса ли Ви да четете тази книга? Ако е така, бих била изключително благодарна, ако посетите сайта на Вашата книжарница и оставите писмено мнение. Без рекламния бюджет на голямо търговско издателство, повечето книги не печелят обратно разходите за производството им, освен ако читателите не споделят, че са ги харесали.

Присъединете се към моята читателска група

Ако искате да получавате новини за нови издания и преводи на съществуващите ми книги, защо не се регистрирате за моя БЮЛЕТИН? Обещавам никога да не Ви изпращам спам, да запазя личната Ви информация неприкосновена, и да е все така интересно.

Регистрирайте се ТУК:
https://wp.me/P2k4dY-176

Преглед: Меч на боговете

В зората на времето двама древни противници се борили за контрол върху Земята. Един мъж се изправил, за да застане на страната на човечеството. Един войник, чието име се помни и днес...

Михаил Маннуки'или от Ангелските военновъздушни сили се събужда смъртно ранен в своя разбит кораб. Жената, която спасява живота му, притежава способности, които изглеждат познати, но без спомени за миналото си той не може да си припомни защо!

Хората на Нинсианна имат пророчества за крилат шампион, Меч на боговете, който ще защитава хората ѝ от злото. Михаил настоява, че той не е полубог, но необичайната му способност да убива показва друго.

Злото шепти на един намусен принц. Умиращ вид се стреми да избегне изчезването си като вид. И двама Императори, окопани в своите древни идеологии, които не могат да видят по-голямата заплаха.

Този научно-фантастичен преразказ е най-епичната история на човечеството за битката между доброто и злото, сблъсъкът на империите и идеологиите, и най-великият супер-герой, който някога е съществувал на Земята, Архангел Михаил.

Повече информация:
http://wp.me/P5T1EY-xE

Преглед: Готически Коледен Ангел

Победител на eFestival за Най-добрите Книги на eBook Наградите – Най-Добра Новела за 2014 година

Духовете на Старите Страдания никога няма да бъдат забравени...

Изоставена от своя приятел на Бъдни вечер, Касандра Баръч бе решила да приключи своето страдание като засили колата си към едно старо буково дърво. В този момент един голям ангел с черни крила й прошепна: *"това не е смразяваща паранормална романтика, дете"*. Тя разбра, че смъртта няма да реши нейният проблем. Може ли Жеремиел да й помогне да изцели мъките си и да намери нужното спокойствие?

Този модерен преразказ на мита за ангелите-пазители умело преплита *Коледна Песен* с *Животът е Прекрасен*, за да даде надежда на всички хора, които се опитват да забравят проблемите от миналото си.

"Много малко книги ме карат да плача, но тази го направи по доста интересен начин. Посланието е предадено с хумор и грация. Невероятно!" —Читателски отзив

"Тя ме накара да приемам всичко това лично и да се разплача. Изключително благодарен съм за финала на тази книга." — Читателски отзив

"Книга, която ме докосна по начин, по който нито една друга книга не го е правила до този момент!" — Читателски отзив

Повече информация:
https://wp.me/P2k4dY-Ki

За автора

Анна Еришкигал е адвокат, който пише фантастика като алтернатива на кръстосан разпит на децата й. Тя пише, използвайки литературен псевдоним, така че колегите й да не се осъмнят в това дали нейните правни обстоятелства са фантастични. Оказва се, че голяма част от закона -е- фантастична измислица. Адвокатите просто предпочитат да го наричат "ревностно представляване на клиента си."

Виждайки тъмната страна на живота, тя създава интересни герои, които или искате да забравите, или да изтичате у дома и да пишете за тях. В художествената литература можете да измислите факти, без да се притеснявате твърде много за истината. В правните изявления, ако Вашият клиент Ви лъже, изглеждате глупаво пред съдията.

Поне в художествената литература винаги можете да ги убиете...

За преводача

Катрин Троева е родена и отгледана в България. Тя е бивша възпитаничка на Икономически университет – Варна във Варна, България. След като завършва бакалавърската си степен по икономика през 2015 година, тя се премества да живее в Дания. Там тя продължава обучението си като магистър по международна бизнес икономика в университета в Олборг. Понастоящем, Катрин живее, учи и работи в Олборг, Дания. Тя говори свободно английски език, както и има познания по езици, като испански и италиански. Работи като преводач на свободна практика от 2016 година. Има принос в превеждането на множество и различни по вид материали, като статии, книги, уебсайтове и мобилни приложения. Нейното най-голямо удоволствие е да превежда художествена литература, по-специално книги свързани с научна фантастика или фентъзи.

В случай, че желаете да използвате услугите й на преводач, бихте могли да се свържете с нея на следния имейл адрес: katrintroeva@gmail.com.

Други книги на Анна

Часовникът: Новела
Готически Коледен Ангел

Сага Меч на боговете
(епична фантазия / научна фантастика / романтика)

Герои на миналото: Новела
Меч на боговете
Няма място за падналите ангели (Очаквайте скоро)
Забраненият плод (Очаквайте скоро)

Повече български книги:
http://wp.me/P5T1EY-xE

CPSIA information can be obtained
at www.ICGtesting.com
Printed in the USA
BVHW041051021221
623087BV00013B/635